# UN DÍA LOCO DE PALABRAS MEZCLADAS

## ¡GABI ESTÁ AQUÍ!

## MÁS

# ¡GABÍ ESTÁ AQUÍ!

## UN DÍA LOCO DE PALABRAS MEZCLADAS

por Marisa Montes

ilustrado por Joe Cepeda

*
Lo has leído bien.
Es Gabí, no Gabi. Con tilde.
¡Estás a punto de averiguar por qué!

SCHOLASTIC INC.
New York   Toronto   London   Auckland   Sydney
Mexico City   New Delhi   Hong Kong   Buenos Aires

Translated by Nuria Molinero

Originally published in English as *Get Ready for Gabí:
A Crazy Mixed-Up Spanglish Day*

ISBN 0-439-66129-3
Text copyright © 2003 by Marisa Montes.
Illustrations copyright © 2003 by Scholastic Inc.
Translation copyright © 2004 by Scholastic Inc.
SCHOLASTIC, LITTLE APPLE, and associated logos are trademarks
and/or registered trademarks of Scholastic Inc.

12 11 10 9 8 7 6 5 4 3 2          4  5  6  7  8  9/0
                                              40

Printed in the U.S.A.
First Spanish printing, September 2004

*A la memoria de*
*mi querido primo "Miguelito",*
*Miguel Antonio Montes*
*22 de julio de 1947 – 2 de abril de 2001*
*— M.M.*

*A Adriene*
*— J.C.*

## Agradecimientos

Mi agradecimiento especial a Sarah Gunst y Brian Huseland, maestros de tercer grado de Contra Costa Christian Schools de Walnut Creek, California, por su tiempo y su paciencia. Quiero agradecer a Raquel Victoria Rodríguez, Susan Elya, Corrine Hawkins y Angie Williams por su apoyo, su aliento y sus valiosas aportaciones. A los alumnos de tercer grado Ethan Williams y Janine Elya, mi GRAN agradecimiento especial por añadir, aunque no lo crean, una nueva dimensión a la personalidad de Gabí.

Gracias a mi familia: a mi tía, la Dra. Carmin Montes Cumming, por su asesoramiento en el idioma español y su gran entusiasmo por este proyecto; a mis padres, Rubén y Mary Montes, por su cariño constante y su fe en mí; y a mi esposo, David Plotkin por todo su amor, su apoyo y su asesoramiento en materia de computadoras.

Gracias a mi editora, Maria S. Barbo, por sus magníficas ideas y sugerencias y su paciencia y flexibilidad al permitirme escribir este libro ¡con mi propio estilo! Y gracias especialmente a mi agente Barbara Kouts, por su valiosa amistad y por ayudarme en el lugar y el momento precisos. ¡Por un buen karma!                    — M.M.

# CONTENIDO

## CAPÍTULO 1
## ¡PROBLEMAS DE BOTAS!

—¿Esperas problemas?—. Las tupidas cejas del Sr. Fine se juntaron formando una larga y peluda oruga.

Miró mis botas rojas de vaquera.

El rojo es mi color favorito.

Papi dice que es un color atrevido e insolente, como yo.

Mami dice que yo soy un *hot chili pepper* –un ají picante–, que también es rojo.

¡Ah!, por si no lo sabías, me llamo Maritza Gabriela Morales Mercado.

En casa me llaman Gabi. En la escuela

soy Maritza Morales. Mercado es el apellido de Mami, así que no lo uso en la escuela.

—¿Maritza? ¿Por qué estás con botas? —El Sr. F esperaba una respuesta.

—Bueno... —Me enderecé en mi asiento—. Pensé que hoy podría haber... problemas.

Torcí el cuello para mirar a Johnny Wiley. Se sienta una fila más atrás que yo, varias filas a mi izquierda.

Johnny se arreglaba los cabellos parados.

Hoy es el Día del Cabello Loco. Una vez al año podemos peinarnos de forma rara o alocada. Es muy divertido. Con mi cabello castaño y ondulado, Mami me ha hecho dos trenzas bien altas que me caen sobre las orejas.

Se notaba que Johnny estaba convencido de que él era *taaaan* chévere. Llevaba su cabello rubio oscuro totalmente parado y rociado con pintura azul y roja en las puntas. A los chicos les ENCANTA el Día del Cabello

Loco. Casi todos parecían monstruos locos llegados del espacio.

Johnny me dijo algo moviendo los labios, pero sin emitir sonidos. Yo supe lo que decía.

Fruncí los ojos.

Johnny volvió a marcar las palabras sin sonido. Le puse cara de "ya me las pagarás después".

—¿Maritza?

Abrí los ojos del todo y le sonreí al Sr. F con mi mejor expresión de buena chica.

La larga oruga de las cejas del Sr. F se volvió a partir en dos y cada mitad se elevó por encima de sus lentes.

—Ya hemos hablado de esto, Maritza. Hay maneras mejores de resolver... los problemas... que con los pies.

Mis hombros se desplomaron. Asentí.

—Sí, Sr. Fine.

El Sr. F es el maestro más simpático que

he tenido, pero a veces me parece que ya no se acuerda de cuando él era niño.

Levanté la cara para mirar al Sr. Fine. Es alto y delgado, así que tiene que inclinarse para poder mirarme a los ojos.

—Que no tenga que repetírtelo, Maritza.

—Pero...

—Sin peros. Si levantas una sola bota hacia otro estudiante, te las quito y no te las devolveré hasta el final de las clases.

Me hundí en mi mesa y escondí las botas debajo del asiento lo más lejos que pude.

Las botas me las envió mi tío favorito, mi tío Julio. La piel roja tiene grabadas estrellas diminutas y medias lunas pintadas de blanco.

Rojo y blanco: mi combinación favorita de colores.

El Sr. Fine se volvió hacia los demás estudiantes.

—Bueno, niños, saquen una hoja de papel. Como parte de un nuevo proyecto, quiero que hagan una lista de animales extraños o interesantes sobre los que les gus-

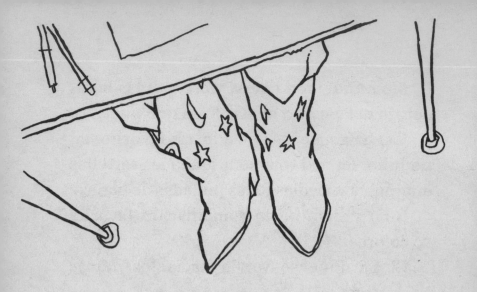

taría saber más. Procuren no elegir animales domésticos ni de granja.

Billy Wong preguntó:

—¿Y Melvin?

—Buena pregunta, Billy. Una iguana es un animal muy interesante.

Melvin es la mascota de la clase. El Sr. F la tiene en un gran terrario en la parte de atrás de la clase. Una vez la medimos: mide 60 cm, si incluyes su cola a rayas.

Se oyeron murmullos. Algunos niños dijeron, "¡chévere!".

Miré a Johnny de reojo, moví un pie hacia adelante y, sin hacer ruido, empecé a dar golpecitos con la punta de la bota.

Ya sabía cuál iba a ser el primer animal de mi lista. El animal que se parece más a Johnny Wiley: ¡UN SAPO GORDO Y GIGANTE!.

## CAPÍTULO 2
## ¡TENGO LA MOSCA DETRÁS DE LA OREJA!

El Sr. F siguió hablando mientras paseaba arriba y abajo entre las filas de mesas.

—Para el proyecto de este mes dividiremos la clase en grupos de tres —dijo el Sr. F—. ¿Puede alguien decirme cuántos grupos habrá?

Al Sr. F le gusta comprobar nuestros conocimientos matemáticos siempre que puede. Por suerte, a mí me gustan las matemáticas. Los números me resultan fáciles.

Lo que no me resulta tan fácil es la ortografía. ¡Qué cantidad de letras y reglas! "Hay" con "h" al principio, "ahí" con "h" en el medio y acento... Como dice Mami: "¡Ay, ay, ay, ay, ay, ayyyyy!".

Levanté la mano.

También la levantó Jasmine Lange, una de mis mejores amigas.

Para el Día del Cabello Loco, Jasmine había rociado la punta de sus rizos negros de color rosa brillante. Jasmine me miró y se puso bizca.

Yo me tragué la risa. Tengo mucha suerte de que el maestro la deje sentarse a mi lado.

—¿Sí, Jasmine?

—Como hay dieciocho estudiantes en clase, habrá seis grupos de tres, Sr. Fine.

—Correcto, Jasmine, seis grupos.

Crucé los dedos.

—Sr. Fine, ¿podemos hacer nosotros los grupos?

¡Oh, oh! Olvidé levantar la mano. Así que la subí a toda velocidad.

—Esta vez no, Maritza. —El Sr. F agitó una hoja de papel—. Ya lo he decidido yo.

El salón de clases se llenó de quejas.

—Silencio, todos —el Sr. F usó su tono de "lo digo en serio"—. En la vida real no siempre podrán estar en un grupo o en un equipo con sus mejores amigos. Deben acostumbrarse a trabajar con todo tipo de gente.

Empecé a temer lo peor. Levanté la mano de nuevo.

—¿Sí, Maritza?

—Este... Sr. F —empecé—, creo que tengo la mosca detrás de la oreja.

La clase entera se echó a reír.

Entonces Johnny dijo:

—¿Una mosca? ¡Claro! ¡A las moscas les encanta la pizza! ¡Maritza Pizza tiene moscas! ¿Y pulgas? ¿También tienes pulgas?

Johnny empezó a rascarse debajo de los brazos como si fuera un mono.

—¡OYE, TÚ! —grité, saltando furiosa hacia Johnny.

No había dado ni dos pasos cuando el Sr. F bloqueó mi camino. Sus cejas formaron de nuevo la larga y peluda oruga.

Señaló mi asiento.

Yo me senté.

El Sr. F se volvió hacia Johnny.

—¡John, basta ya!

Me ardían las mejillas.

Apreté los dientes, crucé los brazos sobre el pecho y me quedé mirando al frente.

Me sentía como si hubiera mordido un trozo de ajo crudo de Mami. Me salía vapor por las orejas.

—¿Qué es eso de la mosca, Maritza? —El Sr. F me miró detrás de las orejas—. Yo no veo nada.

Se oyeron más risas. Pero una sola mirada del Sr. F y todos se callaron.

Ahora me ardía la cara.

—Eso es lo que dice Mami cuando tengo la sensación de que me va a pasar algo malo. Dice que tengo la mosca detrás de la oreja.

El Sr. F asintió lentamente.

—Ah, ya entiendo. ¿Es un dicho de Puerto Rico?

Me encogí de hombros. No estaba segura de lo que quería decir.

El Sr. F se dio la vuelta para escribir en el pizarrón.

Entonces, ¡no van a creer lo que pasó! Johnny Wiley empezó a saltar por el pasillo entre las mesas, haciendo el numerito del mono con comezón. Iba agachado y rascándose debajo de los brazos.

—¡Maritza Pizza tiene moscas! —decía en voz baja para que el Sr. F no pudiera oírlo—. ¡Maritza Pizza tiene pulgas!

Algunos niños se echaron a reír.

Miré furiosa a Johnny. Él me sonrió con

esa horrible sonrisa Wiley y se sentó a toda velocidad para que el Sr. F no lo viera.

Johnny y Billy Wong, uno de sus amigos, chocaron palmas por debajo de la mesa.

Me di la vuelta para mirar a mi otra mejor amiga, Devin Suzuki. Se sienta justo detrás de mí. Las dos llevábamos el pelo recogido casi de la misma manera para el Día del Cabello Loco. Las dos nos habíamos rociado las trenzas de morado. En realidad el morado apenas se veía en mi cabello, pero en el de Devin, que es castaño más claro que el mío, se veía muy brillante.

Devin tiró de su trenza derecha y me guiñó un ojo. Esa es nuestra señal secreta de "no pasa nada". Nos hacemos señas con el pelo cuando sabemos que la otra se siente mal.

Enseguida me sentí mejor.

Tiré de mi trenza derecha y sonreí un poco.

En el pizarrón, el Sr. F escribió la palabra DICHO.

—Un "di-cho" —repitió despacio— es una frase hecha. Algo que la gente de un país o de un lugar dicen muy a menudo. Por ejemplo: "Dar en el clavo" quiere decir "acertar". —Se volteó hacia la clase—. ¿Puede alguien darme otro ejemplo?

Devin levantó la mano.

—Tener menos seso que un mosquito —dijo.

Devin miró a Johnny y este le sonrió con su desagradable sonrisa Wiley.

El Sr. F no se dio cuenta.

—Muy bien, Devin. ¿A alguien más se le ocurre algo?

Sonreí a Devin y tiré dos veces de mi trenza derecha. Eso significa ¡Chévere! ¡Bien hecho!

Devin sonrió tanto que le vi el aparato dental. Devin lleva aparato dental en los dos dientes delanteros para quitar el hueco que hay entre ellos.

Devin debía estar contenta. Normalmente no sonríe mucho para que el aparato no se vea. Le da vergüenza.

En realidad, *todo* le da vergüenza. Devin es básicamente una niña muy tímida.

Sissy Huffer, desde luego NO una buena amiga mía, levantó la mano.

—Está tan loca como una cabra —Sissy me miró directamente a la cara mientras hablaba.

Yo me quedé mirándola, como si no tuviera ni idea de lo que quería decir.

—Eso es Sissy, muy bien —asintió el Sr. F.

Sissy me sonrió con aire de superioridad y agitó sus rizos dorados. Sissy no hace nada en el Día del Cabello Loco. No soporta despeinar sus rizos perfectos.

—Al parecer, en Puerto Rico —continuó el Sr. F—, cuando alguien tiene la sensación de que va a ocurrir algo malo la gente dice... ¿cómo es el dicho, Maritza?

—Tienes la mosca detrás de la oreja —dije.

El Sr. F escribió la frase en el pizarrón.

—Durante este curso quizás podríamos compartir dichos de otros países —dijo.

Luego, el Sr. F volvió a su mesa y tomó la hoja de papel que antes tenía en la mano.

—Ahora veamos quiénes forman los seis grupos de tres. Grupo uno: Billy Wong, Mike Patel y Jasmine Lange. Grupo dos: Sissy Huffer, Johnny Wiley y Maritza Morales. Grupo tres...

Los ojos casi se me salen de las órbitas. Ya no escuché más.

¿Johnny Wiley y Sissy Huffer?

¿En el mismo grupo?

¿Conmigo?

¿Trabajando juntos?

¡Caracoles! ¡Qué RAZÓN TENÍA YO al tener la mosca detrás de la oreja!

## CAPÍTULO 3
# PROBLEMA DOBLE

—¡Ay, ay, ay! —Devin se detuvo tan rápido que me tropecé con ella.

Era la hora del recreo y acabábamos de salir del cuarto de baño. Jugábamos a "sigue al líder" mientras íbamos al patio a encontrarnos con Jasmine. En cuanto se abren las puertas, Jasmine sale corriendo a los columpios.

Hoy Devin era la líder.

Saltó. Yo salté.

Sacó las pompis hacia afuera y bailó moviendo las caderas. Yo saqué las pompis hacia afuera y bailé moviendo las caderas.

Saltó de cojito.

Yo salté de cojito.

De repente, se detuvo. Yo me tropecé con ella.

—¿Qué? —Miré por todas partes—. ¿Qué pasa?

—¡Mira! —dijo Devin en español señalando en una dirección. Yo miré.

A Devin le gusta practicar conmigo el español que sabe. Su familia vivió en Panamá durante cuatro años mientras su papá trabajaba para una empresa estadounidense. Realmente habla muy bien español y no quiere que se le olvide.

—¿No es ésa Cecilia, tu Compañera Pequeña? —preguntó Devin.

Todos los que estamos en tercer grado somos el Compañero Grande de un niño que está en kindergarten. Durante el curso los ayudamos a hacer algunos proyectos especiales.

A mí me tocó Cecilia Sánchez porque

acaba de llegar a California procedente de Nicaragua. Todavía no sabe mucho inglés.

La pequeña Cecilia estaba agachada junto a un árbol que había al lado del patio del kindergarten. Parecía una gatita asustada. Se cubría la cara con las manos. Como dice Mami, "lloraba a lágrima viva".

Corrimos al patio.

—¿Qué pasa, Ceci? —le pregunté en español.

En cuanto Ceci me vio, me abrazó por la cintura. Aplastó la cara contra mi pecho y lloró más fuerte.

La abracé con fuerza. Ceci es incluso más chica de lo que era yo cuando tenía su edad.

Me hizo sentir muy alta. Y también muy importante.

Me pregunté si así se sentía Papi cuando me abrazaba.

—Ceci...—. La aparté con suavidad.

Pero ella me agarró de nuevo y volvió a hundir la cara en mi pecho.

Lo intenté una vez más.

—Dime, Ceci —le dije en español—, dime.

Pero cada vez que la apartaba, ella volvía a pegarse a mí, como si fuera un elástico.

—Shhhh, cálmate, tranquila...

Le susurré cosas dulces, como hace Mami cuando yo me despierto gritando porque he tenido una pesadilla.

—*Is there a problem, girls?* —la Sra. Snippett, la maestra que estaba de guardia, nos preguntó si había algún problema. Ella solamente habla inglés.

—No sé —le dije en español.

La Sra. Snippett se quedó mirándome, como si no hubiera entendido lo que yo había dicho.

Entonces me di cuenta de que le estaba hablando en español a una maestra que no hablaba español. Estaba tan disgustada que se me habían cruzado los cables del cerebro.

Mi cara se puso del color de mis botas.

Solo hay una cosa que odie más que a Johnny Wiley: confundir el español con el inglés. Y eso me pasa únicamente cuando estoy muy nerviosa.

Me siento muy orgullosa de lo bien que hablo los dos idiomas y no me gusta cometer errores. ¡Me da mucha vergüenza!

Le volví a repetir en inglés que no sabía lo que le pasaba a Ceci

—*Why are you crying, dear?* —le preguntó la Sra. Snippett a Ceci.

Negué con la cabeza y le expliqué:

—No entiende, o sea *she doesn't understand much* inglés...eh *English.*

—*Oh well, ask her again. In Spanish* —la Sra. Snippett me pidió que repitiera la pregunta en español.

Y eso hice. La aparté un poco para poder oírla.

—¿Qué pasa, Ceci?

Mi camiseta estaba toda mojada por las lágrimas y... traté de no pensar de qué más estaba húmeda. A Ceci le colgaban los mocos de la nariz.

—Un muchacho malo... —dijo Ceci, llorando con fuerza.

La Sra. Snippett le dio un pañuelo de papel para que se sonara la nariz. Después me preguntó:

—*What did she say?*

—Un muchacho malo —le dije otra vez en español.

—*Well, I heard that, but what does she mean?* —la Sra. Snippett dijo que la había oído, pero que no la había entendido.

"¡Oh, me estoy volviendo loca!", pensé.

Devin me sonrió preocupada.

—Dijo algo sobre un *bad boy* —tradujo Devin.

Antes de que yo pudiera añadir nada, la Sra. Snippett tomó a Ceci de la mano.

—*Tell her I'm taking her to the office to get some water and to lie down.*

Traté de decirle a Ceci que la Sra. Snippett

la llevaría a la Dirección a tomar algo de agua y a descansar, pero se lo dije en inglés.

Suspiré y se lo volví a decir, esta vez en español... creo.

En cuanto la Sra. Snippett se llevó a Ceci, Johnny Wiley pasó corriendo.

Cuando ya nos había adelantado, se detuvo y se volteó. Con una sonrisa horrible y enorme nos saludó con la mano.

—¡Oye, cara de pizza! ¡Oye, boca de metal!

En cuanto dijo "boca de metal", los labios de Devin se cerraron sobre el aparato de los dientes. Parecía a punto de echarse a llorar.

Me mordí el labio. Mis botas se morían de ganas de darle una patada. Salté hacia adelante.

Devin me agarró del brazo.

—¡No, Maritza, no lo hagas!

—Oye, Pizza, ¿has cazado últimamente alguna otra mosca? —Johnny se rió. ¡Podía ser taaaaan horrible!

Billy Wong y otros dos amigos de Johnny se pusieron a su lado.

Devin me apretó el brazo más fuerte y me susurró advertencias al oído.

Entonces Johnny vio algo detrás de nosotras y sonrió más.

Le dio un ligero codazo a Billy y señaló con el dedo mientras decía:

—Oigan, ahí está la niña llorona otra vez. ¿Todavía está gimoteando?

Devin y yo nos volteamos.

¡No me van a creer! Johnny señalaba a Ceci.

Le lancé una mirada furiosa.

—¡Sapo gigante! ¡Ahora se mete con niñas pequeñas! —le dije a Devin—. ¡Verás cuando lo atrape!

—¡No, Maritza! —gritó Devin—. ¡Te castigarán! O, peor aún, ¡recuerda lo que dijo el Sr. F! ¡Te quitarán las botas!

—¡No puedo permitir que se salga con la suya! ¡Prefiero comer gusanos!

Intenté soltarme, pero Devin me agarraba con los dos brazos.

—¡Suéltame, Devin!

Devin y yo empezamos a chillarnos. Traté de soltarme, pero no pude. Johnny y sus amigos no dejaban de reírse.

Devin me seguía sujetando.

Mi cabeza daba vueltas.

—¡Deja que te agarre! —le grité a Johnny, sin darme cuenta de que le hablaba en español.

—¿Qué dices? —me gritó, riendo como un T-Rex—. No hablo esa jerga, cara de pizza.

Me sentí como si fuera una bolsa de palomitas de maíz metida en un microondas y a punto de estallar.

Lo había vuelto a hacer, había mezclado el español con el inglés. Y esta vez con Wiley, el Sonrisas. Los dedos de los pies se me crisparon dentro de las botas.

De nuevo, traté de zafarme de Devin, pero ella se quedó más pegada que si fuera una nota adhesiva a un cuaderno.

Traté de arrastrarla conmigo, pero pesaba demasiado.

Di una patada con la bota en el suelo.

—¡Verás cuando te atrape! —grité de nuevo.

Esta vez en el idioma correcto... *creo*.

Johnny soltó un aullido y dio un puñetazo en el aire.

—¡Los chicos ordenan y las chicas babean!

Él y Billy chocaron palmas. Luego empezaron a saltar y a rascarse debajo de los brazos, agachados como si fueran pequeños monos.

—¿Ah, sí? —grité—. Pucs, pucs... ¡vayan a comer bananas, monos!

## CAPÍTULO 4
# ¡OTRA VEZ PROBLEMAS!

—Bueno, chicos —dijo el Sr. F cuando volvimos a sentarnos, después del recreo—. Como empecé a contarles esta mañana, para el proyecto de este mes vamos a trabajar en equipos. Cada equipo elegirá un animal y lo estudiará. Recuerden que debe ser extraño o interesante.

Nuestras mesas ya estaban colocadas formando los nuevos equipos. Nunca había visto seis grupos de niños de tercer grado con caras más enojadas. Papi las llamaría "caras largas", como dicen en Argentina, su país natal. Mami diría que sus caras eran tan largas como un güiro. Un güiro es un instrumento musical. Se fabrica con una calabaza grande que se deja secar y después se vacía. Luego se le tallan unas ranuras. Para tocarlo, se raspan las ranuras con un tenedor de metal. El sonido es un chirrido que suena *brr, brr, brr,* como mi hermano cuando necesita una siesta.

A mí los güiros me parecen divertidos.

Trabajar en equipo con tus peores enemigos NO es divertido.

Y el Sr. F tenía el don de saber juntar a la gente con sus peores enemigos.

Por otra parte, el Sr. F parecía más contento que un perro con dos rabos.

El Sr. F se acercó al pizarrón y empezó a escribir mientras hablaba.

—En primer lugar, trabajarán juntos para elegir uno o dos animales de la lista de cada miembro del equipo, la lista que hicieron esta mañana. Después, votarán para elegir el animal del proyecto. Finalmente, presentarán el animal al resto de la clase. Deberán hacerlo *en equipo* —dijo estas últimas palabras muy serio—. Pueden escribir un informe, una obra de teatro, hacer un video, construir un modelo o hacer cualquier otra cosa que el equipo decida. Ya pueden empezar.

Todo el mundo se quedó callado mirando sus listas. Finalmente los niños empezaron a hablar sobre la lista de animales del equipo.

Sissy arrugó la nariz.

—Hacer listas me recuerda las listas de la compra de mamá, y eso me recuerda la co-

mida. Y pensar en comida me da hambre. Ojalá tuviera algo para comer.

—Yo sé cómo puedes conseguir algo para comer, Sissy —dijo Johnny con una sonrisa retorcida.

Fruncí los labios, preparándome para uno de sus horribles comentarios.

—¿Cómo?

Sissy NO pudo dejar de preguntar.

—Tenemos comida gratis, aquí mismo, en este equipo —dijo—. ¡Solo tienes que tomar algo de *pepperoni* y queso de Maritza Pizza!

Billy Wong estaba sentado en un grupo cercano al nuestro. Se inclinó y dio un codazo a Johnny.

—¡Comida gratis de Maritza Pizza! ¡Qué chistoso, Wiley!

Johnny se rió tontamente, encantado consigo mismo.

—¡Eh, Maritza Pi...!

¡Ya no pude más! Antes de que Johnny pudiera terminar la palabra, me puse a su lado y me incliné sobre él.

Cuando llevo mis botas me parece que puedo inclinarme sobre cualquiera, aunque soy la más chica de mi clase.

Me coloqué en mi posición favorita: los puños sobre las caderas, las botas separadas ligeramente, las puntas hacia afuera. Me quedé mirándolo sin pestañear. Si hubiera sido Dragón-Ella y hubiera tenido su mirada láser, Johnny sería una tostada. Pero soy Maritza Gabriela Morales

Mercado y mi arma secreta es mi viejo par de botas rojas.

Di una patada con mi bota derecha contra el suelo.

Los ojos de Johnny se abrieron como platos. Se apartó de mí.

Di otra patada.

Johnny soltó un pequeño quejido.

Sonreí. No me vas a llamar ASÍ por mucho tiempo, te lo prometo.

—¡Esto va por mi Compañera Pequeña, Ceci! —dije con un rugido.

Justo cuando echaba la bota hacia atrás para golpearle en la canilla oí al Sr. F llamarme.

Supe, por su voz, que había ido de Guate-mala a Guate-peor.

Antes de que pudiera darme cuenta, el Sr. F me estaba quitando las botas.

¡Pasé el resto del día andando con mis calcetines blancos!

## CAPÍTULO 5
## ¡PREFIERO COMER ABEJAS!

Ese día, después de la escuela, entré en mi cuarto dando pisotones y me quité las botas con los pies. Una bota salió volando hacia la cama. La otra casi me da en la cabeza. Las recogí y las escondí en el fondo del armario.

Me arranqué los calcetines manchados y los metí en la cesta de la ropa sucia, bien en el fondo, debajo de toda la ropa. Así Mami probablemente no se daría cuenta de lo sucísimos que estaban hasta que los lavara.

Y, para entonces, probablemente ya sabría lo que había pasado.

Cuando me di la vuelta, me pareció que las paredes me miraban.

Y era cierto.

Las paredes de mi habitación están cubiertas de carteles. Algunos son de mis superhéroes favoritos. Otros son de heroínas realcs sobre las que he leído en un libro que Abuelita me envió desde Puerto Rico: *Mujeres valientes de la Historia*. Mami y yo leímos una historia todas las noches hasta que lo acabamos.

Annie Oakley miraba desde un viejo cartel. Posaba junto a su silla de montar después de su actuación en el espectáculo *El Salvaje Oeste de Búfalo Bill*. Estaba MUY seria.

Incluso Iviahoca, mi heroína taína favorita, no parecía muy contenta. Los taínos son los nativos que vivían en Puerto Rico y en las islas cercanas cuando llegó Cristóbal Colón.

Mami me dijo que Iviahoca significa en lengua taína "mira la montaña que reina".

Iviahoca era una mujer muy valiente que incluso arriesgó su vida para salvar a su hijo cuando este fue capturado por los soldados españoles.

No pude encontrar ningún cuadro grande de Iviahoca, así que el verano pasado la dibujé con creyones sobre una cartulina. La dibujé parada sobre una colina, contemplando los barcos españoles que llegaban a la bahía de Puerto Rico.

En la misma pared, la heroína latinoamericana Dragón-Ella me miraba ceñuda desde un enorme cartel. Llevaba una capa verde oscura que ondeaba al viento, como si fueran alas de dragón. Con la mandíbula apretada, los puños en las caderas y las piernas separadas (mi pose favorita) podía enfrentarse a cualquier cosa.

Cuando yo era pequeña, a menudo pensaba que, cuando fuera grande, me convertiría en una heroína como Dragón-Ella. Pensaba que si lo deseaba durante mucho tiempo y me esforzaba, podría tener super-poderes como los de ella.

Por supuesto, no pude. Los superhéroes solamente existen en las películas o en televisión o en las tiras cómicas, pero nunca renuncié a luchar contra el crimen.

Algún día voy a ser la directora de una agencia secreta del gobierno y el Presidente de los Estados Unidos me llamará desde un teléfono especial rojo.

Llevaré una doble vida: Todo el mundo pensará que soy profesora de kárate y kick-boxing, pero realmente lucharé contra el crimen bajo una identidad secreta.

Me dejé caer sobre la cama y miré las paredes. Todas mis heroínas favoritas me miraron desde arriba.

Extendí las manos.

—Bueno, ¿qué esperaban que hiciera? —les pregunté—. ¡No podía permitir que se saliera con la suya!

Pensando que le estaba hablando a él,

Tippy, mi gato blanco y negro, saltó a la cama y me saludó como suele hacerlo.

Primero se restregó contra mi pierna, con toda la dulzura posible.

Luego saltó sobre mis pies descalzos.

Es una cosa tan tonta que siempre me río, incluso en un día tan espantoso como este.

—¡Vamos, Tippy! —Lo agarré y lo agité en el aire—. ¿Quieres volar como si fueras Dragón-Ella?

Lo dejé caer sobre la cama, a mi lado.

—Tippy, ¡no me vas a creer! El Sr. F me quitó las botas. Dijo que no podía llevarlas a la escuela nunca más.

Yo siempre le hablo a Tippy en español. Es el único idioma que habla. No es como mi familia o yo que hablamos inglés *y* español. En casa *solamente* hablamos español. Por eso Tippy no entiende otro idioma.

—Pasé la tarde cami-nando con los

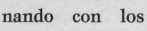

calcetines puestos. El Sr. F solo me dio las botas cuando era la hora de volver a casa.

Tippy me miró y después cerró lentamente sus enormes ojos verdes. Luego miró hacia otro lado. No podía estar más aburrido.

—¡Tippy!—. Golpeé la cama para que me prestara atención.

Los ojos de Tippy se abrieron de par en par, pero cuando vio que era yo, los volvió a cerrar.

Me senté en la cama y acaricié a mi gato detrás de las orejas.

—En serio, Tippy. El Sr. F me ha hecho prometer que nunca más volveré a llevar mis botas a la escuela y, para asegurarse de que no me olvide, les ha escrito una nota a Papi y Mami y tengo que llevarla firmada mañana a la escuela. ¡Caracoles!

Me volví a acostar en la cama.

Tippy se desperezó y bostezó. Luego se tumbó sobre un costado y se puso cómodo.

Esta vez no pude evitar sonreír. Acababa de acordarme de la cara de Johnny.

—¿Sabes una cosa, Tipito? La cara de Johnny Wiley y ese quejido bajito que soltó cuando pensó que iba a darle una patada hace que todo haya valido la pena.

Tippy empezó a ronronear. Tenía los ojos cerrados. Sus labios se curvaron en una sonrisa gatuna. La mancha negra en su barbilla tembló como si el gato se estuviera riendo.

—*Miaaauuu* —dijo suavemente.

—¡Sabía que tú me comprenderías! —De un salto me paré sobre el colchón—. Tú no habrías permitido que Wiley, el Sonrisas, hiciera un comentario tan horrible y quedara impune, ¿verdad que no, Tipito? Bueno, pues yo tampoco.

Empecé a saltar sobre la cama.

—¡Claro que no! —Seguí saltando—. ¡De ninguna manera! —Salté más alto—. ¡Prefiero comer abejas!

Salté tan alto y con tanta fuerza que Tippy salió volando. Aterrizó sobre la alfombra y movió la cola enojado.

Entonces me fijé en las heroínas de la pared. Ya no parecían tan enojadas.

—Vamos, Tipito—. Salté de la cama y lo recogí.

Al principio se retorció un poco, pero luego me lamió con su lengua cálida y áspera como el papel de lijar.

Me reí.

—Ahora vamos a asegurarnos de que Mami y Papi no me quiten también las botas.

## CAPÍTULO 6
# ¡CUANDO LA RANA ECHE PELO!

—¡Gabi, Gabi, Gabi!

Unos minutos más tarde, Miguelito, mi hermano de cuatro años, entró dando saltos en mi cuarto. Acababa de darse cuenta de que yo estaba en casa.

Al igual que mis padres, Miguelito siempre me llama por mi segundo nombre. Cuando era pequeña no podía decir "Maritza Gabriela", pero sí podía decir "Gabi", que es el apócope de Gabriela. Así que Mami y Papi también empezaron a llamarme Gabi.

Me había acostado otra vez sobre la

cama. Con un gemido rodé sobre un costado. "Quizás piense que estoy dormida..."

—¡Gabi! —gritó en mi oído, con una voz más fuerte que la bocina de un auto.

"O quizás no".

Me zumbaba el oído. Agarré la almohada y me tapé la cabeza.

Miguelito seguía gritando y saltando a mi lado.

Me quité la almohada de la cara.

—Cuchichea —le dije en voz baja—. Si quieres que alguien te escuche, habla bajo, ¿okay?

Mami me hacía eso cuando yo era pequeña, y funcionaba. ¡Es increíble! Siempre conseguía que yo la escuchara simplemente hablando en voz baja.

"Quizás funcionara con Miguelito..."

Se acercó a mi oído y susurró.

—Gabi, ¿sabes una cosa?

—¿Qué? —le respondí también con un susurro.

—¡MAMI Y PAPI TIENEN UN SECRETO!

"O quizás no".

Sonreí. Si alguien deja de hablar cuando Miguelito se acerca, él piensa que tiene un secreto.

A Miguelito le gusta contar todo lo que oye, así que Mami y Papi no hablan de cosas de mayores delante de él. En cuanto entra en la sala, cambian de tema o se callan.

"Pero... nunca se sabe".

Me senté en la cama, lista para escuchar el gran "secreto".

—¿De veras? —De nuevo intenté hablar en voz baja—. ¿Cómo lo sabes?

—Porque dijeron algo sobre... —se detuvo.

Esperé. Miguelito tenía los labios cerrados con fuerza y los ojos abiertos como platos. Se estaba poniendo morado.

—¡Respira! —le dije, empujándole suavemente en el hombro—. ¡Respira!

Miguelito soltó aire. Se me acercó más.

—¡Una sorpresa! —dijo susurrándome en el oído.

—¿Una sorpresa? —Di un salto. Eso sí me interesaba—. ¿Estás seguro?

Asintió con tanta fuerza que sus dientes rechinaron y su pelo oscuro se agitó de arriba abajo.

—Una sorpresa... —repetí—. Mmmm... a lo mejor puedo curiosear después de la cena.

—¿Yo también puedo curiosear? —Miguelito empezó a saltar sobre la punta de los pies mientras dejaba caer los brazos columpiándolos. Parecía un muñeco de goma colgado de una cuerda.

Si no le respondía enseguida, Miguelito dejaría caer la mandíbula y empezaría a gritar "*aaaaahhh*", saltando sin parar para que la voz le saliera entrecortada. Le encantaba hacer eso.

Está tan loco... ¡Y yo también!

Así que hice lo mismo que él y los dos saltamos mientras gritábamos "¡*aaaaahhh!*".

—En-toon-ces, ¿pu-e-do cu-rio-sear yo tam-bién? —preguntó.

—Buu-eee-no —respondí.

Después me detuve y puse el dedo sobre mis labios.

—Pero solamente si estás muy, muy calladito —susurré—. Shhhh...

—Shhhh —respondió Miguelito, susurrando.

Sí, claro que estará calladito...

Como dice Mami, ¡cuando la rana eche pelo!

## CAPÍTULO 7
## PIES VALIENTES

Quince minutos después, Miguelito seguía saltando por mi habitación. Necesitaba estudiar para mi examen de ortografía, pero Miguelito NO se estaba quieto, y eso que lo había prometido.

—Miguelito —dije sonriendo—, te quedarás quieto cuando la rana eche pelo, ¿verdad?

Miguelito asintió y rió con ganas.

—¡JA! ¡Una rana con pelo!

—Shhhh... piensa, Miguelito, ¿dónde le crecería? ¿Entre los dedos? —Agité mis dedos descalzos—. ¡Dedos peludos de rana!

—¡Dedos peludos de rana! ¡Harían cosquillas! —Rodó sobre la alfombra muerto de risa.

—Ahora —le dije—, muéstrame cómo salta una rana.

Miguelito se agachó y empezó a saltar como una rana.

—Muy bien —le dije, guiándolo hacia la puerta—. Ve saltando a la sala por un rato.

El pelo oscuro de Miguelito subía y bajaba en el aire mientras saltaba. Él podría ser una buena rana peluda.

Justo entonces se asomó Papi. Cuando vio a Miguelito saltando como una rana, enseguida se dejó caer al piso y también empezó a saltar. Yo hice lo mismo. Ahora éramos tres ranas saltarinas.

Papi fue el primero en cansarse y se quedó acostado sobre la alfombra. Yo me acosté a su lado.

Miguelito se fue saltando a ver la televisión.

—¿Qué tal te fue, Gabita? —me preguntó Papi cuando nos quedamos solos.

Papi me tiró de las trenzas y me besó en la cabeza.

Solté un gemido y me arrastré hasta la mesa.

—Bastante mal.

Papi acercó un asiento y se sentó a mi lado. Asintió.

—Yo también tuve un día bastante horrible. Uno de mis experimentos estalló.

Lo miré.

—No me digas. Otra vez olvidaste quitarte tu pegajosa bata del laboratorio.

Papi miró su bata y asintió con tristeza:

—Así es.

Me gusta pensar que Papi es un científico alocado, aunque la verdad es que es más bien como un profesor despistado que vi en una película de Disney. Cuando trabaja, se olvida de todo lo demás.

Papi me rodeó con un brazo.

—Dime, Gabita, ¿por qué fue tu día tan horrible?

Suspiré y saqué la nota del Sr. F que estaba debajo de mi libro.

—Puedo explicarte. De verdad.

Le conté cuán horrible fue mi día. Mientras hablaba, el rostro alargado y triste de Papi se fue poniendo más largo y más triste.

Me recordó a un perro sabueso de ojos tristes y mejillas caídas.

¡Pobre Papi! Le hice sentirse mal.

Lentamente le entregué la nota.

—El Sr. F me ha prohibido ir con botas a la escuela. ¿Puedes firmar esto para que Mami no lo vea?

Papi leyó la nota.

—Vas a tener que contárselo, Gabi.

—¿Por qué? Se lo podemos contar después...

—No, el Sr. F quiere que firmemos los dos. Además, a Mami no le ocultamos secretos —dijo.

Suspiré. Había pensado que en uno o dos días Papi se olvidaría de todo.

Lo intenté una vez más.

—¡Pero Mami se enoja tanto cuando me meto en problemas!

Papi negó tristemente con la cabeza.

—Se preocupa por ti y yo también,

Gabita. Debes intentar controlar tus valientes pies.

Me reí.

—¿Tengo pies vali___ ___.

Papi asintió. Se ___ordió el labio de abajo, intentando aparentar que estaba serio.

—Me temo que sí.

Pero sus ojos verdes se estaban riendo.

—Oh, Papi —dije, sintiéndome ya mucho mejor—. Eres un bobo.

—No, tú eres la boba —me dijo Papi poniendo la silla frente a mí, listo para jugar al juego que jugamos desde que era pequeña.

—No, tú eres el bobo. —Me acerqué—. Papi, bobo.

—No, tú eres la boba. —Papi se acercó más—. Gabi, bobita.

—No, tú eres...

—¡Topi! —Entonces Papi chocó su frente con la mía—. ¡Gané!

—¡Ay, Papi! —dije con una gran sonrisa—, ¡cuánto te quiero!

—Yo también te quiero mucho, Gabita —Papi me besó en la frente.

—Ahora —dijo, echándose de nuevo hacia atrás—, tenemos que ver cómo arreglamos los problemas... sin usar tus valientes pies.

## CAPÍTULO 8
## MI IDENTIDAD SECRETA

Papi y yo nos sentamos en la cama uno al lado del otro.

—Gabita, a Mami y a mí nos preocupa tu carácter—. Me rodeó los hombros con el brazo.

—Pero Papi, Johnny consigue que eche chispas.

—Pensaba que te gustaban los fuegos artificiales.

—¡Y me gustan! El que no me gusta es Johnny —dije su nombre con una mueca de asco, de la misma manera que digo "moco".

—De todas maneras, mi trabajo consiste

en luchar contra el mal ¡y Johnny Wiley es uno de los malvados del universo! —Me quedé mirando a Papi—. ¡Es mi peor enemigo! Igual que El Bandido es el peor enemigo de Dragón-Ella.

Me quedé esperando a que Papi se comportara como un adulto y me dijera que era demasiado pequeña para tener un "trabajo".

Pero no fue así.

Me dijo:

—Lo entiendo. Haces tu trabajo de la mejor manera que puedes, pero en todos los trabajos hay que aprender nuevas maneras de hacerlo mejor.

—¿De verdad? —Me incorporé. Sonaba muy interesante.

—Oh, sin duda. La gente que es muy buena en su trabajo es porque intenta ser incluso mejor. Por eso, a lo que Mami hace lo

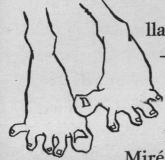

llaman la *"práctica* del derecho".

—Papi me agarró para acercarme a él—. Yo también tengo que seguir estudiando para ser mejor químico.

Miré hacia arriba.

—¡Pero si ya eres muy bueno!

—Pero queremos seguir siendo buenos e incluso mejores.

Me quedé pensando. Tenía sentido.

—Así que, ¿qué debo hacer para ser una mejor luchadora contra el crimen?

Papi se rascó la mejilla.

—Bueno, yo sugeriría que usaras la cabeza en lugar de los pies.

Mis hombros se hundieron.

—¿Sin pies? Pero... son mi arma secreta, como el láser de los ojos de Dragón-Ella.

—Los superhéroes usan sus armas secretas solamente cuando no les queda otra opción. Mira. —Papi me tomó la mano—. ¿Acaso Dragón-Ella no lleva una doble vida?

¿Y acaso no hace todo lo que puede para proteger su identidad secreta?

—¡Pues claro! —dije—. Dragón-Ella es bombera. ¡No puede permitir que los demás conozcan sus poderes secretos!

—¿Por qué no?

Miré al cielo en señal de desesperación. Los adultos a veces no se dan cuenta de nada.

—Porque tiene que mezclarse con los demás. Entonces los villanos bajan la guardia y cometen errores. Así descubre quiénes son los malos.

Papi asintió.

—¿Qué pasaría si usara sus superpoderes mientras trabaja de bombera?

—¡Papi! —No podía creer que hiciera esa pregunta—. Pues descubrirían su identidad; entonces no podría atrapar a los villanos con las manos en la masa y estropear su planes malvados.

Papi sonrió.

—Oh —dije, sintiéndome un poco boba

por no haberlo compren-
dido antes—. Ya lo en-
tiendo. Tengo que dejar
de usar mi arma secreta
en la escuela. Y no puedo dejar que descubran mi identidad de luchadora contra el
crimen. Tengo que aparentar que
soy solo una estudiante de tercer
grado.

Papi me besó en la frente.

—Y lo aparentas muy bien.
Podrías engañarme incluso a mí,
que conozco la verdad.

—Pero tú eres el único —le
guiñé un ojo—. Dejémoslo así,
¿okay?

Papi sonrió.

—Siempre has soñado con
luchar contra el crimen, Gabita. Me siento
muy orgulloso de ti. Nunca se es demasiado
joven para empezar a hacer realidad los

sueños, pero recuerda, tienes que aprender a usar esto —Papi me dio unos golpecitos en la frente—, en lugar de esos —señaló mis pies descalzos— y tienes que aparentar ser una niña normal.

—Pero nosotros sabemos la verdad, ¿verdad que sí, Papi?

—Es cierto, superhija. Nosotros sabemos la verdad.

Sonreí y le di a Papi un abrazo enorme.

## CAPÍTULO 9
## ¿QUIÉN QUIERE UNA HAMBURGUE/A?

—Mami, pasa las *french fries*, por favor —le dije a Mami esa noche durante la cena.

Papi y yo queríamos que Mami estuviera dc buen humor cuando yo le diera la nota del Sr. F. Así que los dos preparamos la cena: *hamburguer* con nuestra salsa secreta, *fries* y la ensalada favorita de Mami: ensalada de aguacate aliñada con lima y ajo.

—Gabi, por favor, no mezcles el español con el inglés. Si quieres *french fries*, dilo en español.

Mami es muy estricta con Miguelito y

conmigo y quiere que hablemos español correctamente en casa.

Miguelito sorbió la leche con fuerza y casi la derramó.

Mientras Mami se ocupaba de él, me quedé pensando un momento.

—Mmmm... Creo que me olvidé cómo se dice *french fries*.

—¿Ves lo que pasa si te vuelves perezosa y usas una palabra en inglés cuando hay una palabra perfectamente correcta en español? Te olvidas de la palabra en español.

Mami me pasó las papas y al mismo tiempo dijo:

—Papas fritas.

—Oh, es verdad, papas fritas —dije.

Lo último que quería en ese momento es que Mami se enojara conmigo.

Miré a Papi y él me guiñó el ojo.

Di un mordisco a mi hamburguesa.

—Mmmm, muy buena, Papi. Está riquísima.

Miguelito columpió sus piernas mientras masticaba.

—¡Sí, Papi, muy buena! ¡Mmmm! ¡Riquísima!

—Mami, ¿te gusta tu...?—. Tragué de golpe y casi me atraganto.

Acababa de darme cuenta de que no sabía decir *hamburguer* en español.

—¿Cómo? —dijo Mami.

—Este... —Mi cerebro pensaba a toda ve-

locidad. *Ham* en español es Jamón, pero ¿qué es *burguer*?

Lo intenté de nuevo.

—Este... ¿te gusta tu *jamón-burguera*?

Papi sí se atragantó con su *burguer*. Reía y reía sin parar.

Incluso Mamí se echó a reír.

—Gabi, creo que quieres decir hamburguesa. ¡Pero has hecho un buen intento!

—¡Mmmm! —dijo Miguelito—. ¡Jamón-burgera!

Columpió alegremente las piernas debajo de la mesa mientras daba otro enorme mordisco.

Esta vez, todos nos reímos.

Después de la cena, Papi preguntó.

—¿Alguien quiere postre?

—¡SÍÍÍÍ! —Miguelito aplaudió y columpió las piernas.

Yo también aplaudí.

Entonces Miguelito y yo empezamos a golpear la mesa con las cucharas.

—¡Helado! ¡Helado! ¡Helado!

Sabía que Papi había hecho su helado de coco especial. A todos nos encantaba.

Papi era muy oportuno.

Mami tenía su cara enojada de güiro. Durante la cena, Papi le había hablado de la nota del Sr. F. Mami *no* estaba contenta.

Yo tampoco. Yo también tenía la cara larga. Me preguntaba si la nota del Sr. F había echado a perder su sorpresa, fuera la que fuera.

Así que me paré, contenta de tener algo divertido que hacer.

—¡Papi, déjame que te ayude! Yo sacaré el helado del *freezer*.

Miré rápidamente a Mami. Sus cejas se fruncieron bajo sus rizos castaños.

—Quise decir congelador —dije.

—Quizás deberíamos guardarlo —dijo Mami— hasta después... —Le echó a Papi una mirada rara.

—¿Hasta después de qué, Mami?

—Miguelito se retorció como un gusano y saltó en su silla.

—Este... hasta después de mi pequeña charla con Maritza Gabriela —dijo.

Oh, no. Mami solo me llama Maritza Gabriela cuando está enojada conmigo. Tuve la sensación de que la charla no iba a ser tan "pequeña".

## CAPÍTULO 10
# ¡SORPRESA!

—¡Gabi, Gabi, Gabi!

Mientras Mami y yo entrábamos en la sala para tener nuestra "pequeña" charla, Miguelito entró corriendo.

—¡Una guagua! ¡Una guagua!

Saltaba como si tuviera muelles en los pies y señalaba hacia la calle.

Siguió gritando "¡Una guagua! ¡Una guagua!", una y otra vez.

Me dolían los oídos. ¿Un autobús? ¿Delante de casa?

Miguelito asintió como si estuviera loco y nos tomó del brazo a Mami y a mí para llevarnos a rastras hasta la ventana de la sala. Papi nos siguió.

Delante de casa estaba el auto del aeropuerto que suele recoger a Mami cuando se va de viaje de negocios. Mientras mirábamos, el chofer deslizó la puerta lateral y la abrió. Ayudó a bajar a una señora alta y delgada con el pelo oscuro recogido en un moño.

Me resultaba familiar. Entrecerré un poco los ojos. Y ¡no me van a creer! ¡Era Abuelita! La mamá de Mami. Llevaba un año sin verla.

Justo detrás de ella estaban el hermano y la hermana de Mami, ¡tío Julio y tití Alicia!

—¡Sorpresa! —gritaron al abrir la puerta principal.

—¡YAAAY! —chillamos Miguelito y yo.

Me alegraba tanto de ver a Abuelita que casi pasé por encima de Mami y Papi para llegar a ella.

Cada cierto tiempo, tío Julio viene por su trabajo. Aparece así, sin más, y nos da la sorpresa, como ahora.

Tití Alicia vive a pocas horas de distancia, así que también nos visita bastante a menudo.

¡Pero a Abuelita solo la vemos una vez al año!

Abuelita me tomó en sus brazos como cuando yo era pequeña. Es delgada, pero fuerte. No me importó ser ya demasiado grande para que me tomara en brazos como a Miguelito. Fue muy agradable.

—¡Oh, Gabita, cómo has crecido!

Abuelita me dio un beso enorme y me abrazó con fuerza.

Yo también la abracé y hundí mi cara en su cabello suave. Olía tal y como yo recordaba. Ella dice que es lavanda. Es una flor.

Tío Julio sujetaba a Miguelito cabeza abajo y le hacía cosquillas en el estómago. Miguelito aullaba.

—¡No, no, tío Julio! ¡No me hagas cosquillas!

Tío Julio hizo una mueca.

—¡Ay! ¡Mis oídos! ¡Tienes unos pulmones muy poderosos, Miguelito!

Todos se abrazaban, se besaban, reían y hablaban al mismo tiempo. Hablaban a gritos en español. Y movían las manos al hablar.

Abuelita finalmente me puso en el suelo, para poder hablar con las manos libres. Nadie oía lo que los demás decían, pero no importaba. Siempre es así cuando la familia de Mami se junta.

Mientras los adultos estaban reunidos,

Miguelito y yo empezamos a bailar una conga a su alrededor. Yo iba primero y Miguelito iba detrás, agarrado a mi cintura.

Los dos cantamos "¡Un, dos tres... cooonga!" por todo el camino hasta la sala.

Entonces el ruido incluso aumentó.

—¡Tío, tío, tío! —Miguelito se columpió en el brazo de tío Julio, intentando atraer su atención de nuevo. Pero tío Julio hablaba con Papi sobre las maletas.

Yo quería que Abuelita supiera cuánto me gustaba *Mujeres valientes de la historia*. Corrí a mi habitación a buscar el libro y volví agitándolo en el aire.

—¡Abuelita, Abuelita, mira, mira, el libro que me enviaste! ¡Me encanta!

Mami, Abuelita y tití Alicia asintieron, me sonrieron y siguieron hablando, pero yo sabía que me habían oído.

Finalmente, tío Julio y Papi se llevaron a Miguelito para que los ayudara a subir las maletas al piso de arriba.

Cuando todos se calmaron, nos sentamos en el sofá. Me acurruqué entre tití Alicia y Abuelita.

Abuelita nos contó que a tío Julio se le ocurrió la idea de sorprendernos.

—Julio me hizo una de sus famosas visitas sorpresa por mi cumpleaños. Su regalo era este viaje a California para que todos pudiéramos estar juntos.

Se volvió hacia mí y me acarició la cara.

—Estoy feliz de estar aquí. ¡Tú y Miguelito están creciendo tan rápido! Si no fuera por las fotos que me envía tu mami, apenas te reconocería.

La abracé.

Me alegraba de que se diera cuenta de cuánto había crecido en un año. A veces me envía juguetes y ropa que son un poco para niñas pequeñas, pero Mami y yo no queremos decírselo para no herir sus sentimientos. Quizás ahora elegirá mejor sus regalos. Como el libro.

La miré a los ojos. Era como mirarme en el espejo. Abuelita tiene el mismo color de ojos que yo. Verdes grisáceos con puntos amarillos. Color avellana.

Pero Abuelita tiene el cabello lacio, como tití Alicia, y yo lo tengo ondulado. Siempre quise tener el cabello lacio como ellas. Mami dice que el mío tiene "cuerpo" y que eso me gustará cuando sea grande. ¡Pero algunas mañanas mi pelo tiene *tanto* cuerpo que parece que se va a marchar caminando!

Justo entonces Papi entró con una bandeja donde llevaba el helado de coco. Había rociado un poco de dulce de leche por encima.

Tío Julio lo seguía con una cafetera y tazas.

Detrás venía Miguelito, haciendo equilibrios con varias cucharas y un montón de servilletas.

—Rápido, rápido —dijo Miguelito cuando

consiguió llegar a la mesa sin botar nada—.
¡A comer!

Papi se volvió hacia Mami y le guiñó un ojo. Entonces me di cuenta de que Mami y Papi conocían la sorpresa de tío Julio. Por eso Mami quería dejar el postre para más tarde. Esa era la sorpresa de la que les oyó hablar Miguelito.

¡Una sorpresa para nosotros, los niños!

## CAPÍTULO 11
# UNA NOCHE MUY DIFÍCIL

Después del postre, estuvimos charlando, charlando y charlando, prácticamente toda la noche.

Miguelito se quedó dormido mucho antes de que los mayores se dieran cuenta de que se había pasado la hora de acostarnos. Así que Papi lo subió a su cuarto. Yo me quedé muy callada. Quería estar levantada para escuchar historias sobre Puerto Rico, pero Mami también me dijo que me acostara.

Aunque era muy tarde, no podía dormir. Estaba muy emocionada con la visita de

Abuelita. Y todavía oía al resto de la familia que hablaba y reía en la sala.

Si me dejaran, podría escucharles contar historias durante toda la noche.

—Mmmmm...

Salí de la cama y caminé por el pasillo. Cuando nadie miraba, me escondí bajo la mesa del comedor. Después Abuelita contó una historia muy divertida de cuando Mami era pequeña y me reí en voz alta.

Entonces Mami me descubrió.

—Vamos, a la cama —dijo sonriendo—. Yo te llevo.

Cuando ya estaba en la cama, Mami se sentó a mi lado.

—Gabita, recuerda siempre que aunque Papi y yo nos enojemos, siempre te vamos a querer.

Entonces Mami me dio un fuerte abrazo y me dio un beso de buenas noches.

—Duerme bien, mi amor.

Pero todavía no podía dormirme. Di vueltas y vueltas en la cama y aparté las sábanas con los pies.

Mi cerebro estaba muy ocupado. Pensaba en la visita sorpresa de Abuelita; en lo que Papi y Mami habían dicho; y que tenía que trabajar con Sissy y Johnny durante todo el mes. ¿Y si Johnny seguía molestándome? ¿Y si continuaba tomándome el pelo y yo seguía enojándome? Como en el patio, con Ceci. Y cuando me quitaron las botas.

No quería seguir pensando en eso. Estaba cansada. Necesitaba dormirme...

Rodé sobre la cama y prendí la radio. A lo mejor un poco de música me ayudaba.

—Buenas noches, Tipito —Tippy estaba acurrucado en el alféizar de la ventana.

—*Miau* —Tippy se desperezó y se dejó caer sobre un costado.

—Hasta mañana —le dije.

Mientras cerraba los ojos, las voces que

se escuchaban en español se mezclaban con las canciones en inglés. Todas las palabras se mezclaron en mi cabeza.

Cuando me di cuenta, un tren atravesaba mi habitación.

—¡GGG-*ggg*... *Ahhhh*! ¡GGG-*ggg*... *Ahhhh*!

No, no era un tren, era otra cosa... algo que estaba muy cerca...

Algo que hacía un ruido fuerte y áspero justo a mi lado.

¡Había algo en mi cama!

Me incorporé de un salto. Respiraba con fuerza. Mi corazón latía como un bongó.

Entonces sentí el olor: lavanda.

—¡Oh, cielos! —Me acosté de nuevo—. Era Abuelita.

Me había olvidado de que iba a dormir conmigo. Tití Alicia ocupaba la habitación de huéspedes y tío Julio estaba en la habitación de Miguelito. Abuelita se mudaría a la habitación de huéspedes cuando tití Alicia se marchara.

Debía haber apagado la radio, porque todo lo que oía era *¡GGG-ggg... Ahhhh!*

"¡Caracoles! —pensé—. ¿No es increíble? ¡Abuelita ronca! ¡Y muy FUERTE!".

Intenté cubrirme la cabeza con la almohada.

—*¡GGG-ggg... Ahhhh! ¡GGG-ggg... Ahhhh!*

¡Ay, ay, ay! Todavía la oía, pero ahora no podía respirar.

Le di un golpecito con la punta del pie. Muy suavemente.

—*¡GGG-ggg... Ahhhh!*

Entonces se volvió hacia mí. Tomó aire profundamente. *¡Aahhhh!*. Y dejó de roncar.

Pero ahora que estaba despierta, ya no podía dormirme otra vez.

Di vueltas y más vueltas.

Miré mi reloj en forma de rana, con sus enormes manecillas verdes en la barriga, y vi pasar los minutos. ¡Eran las 2:05!

El resto de la noche, cuando Abuelita se

83

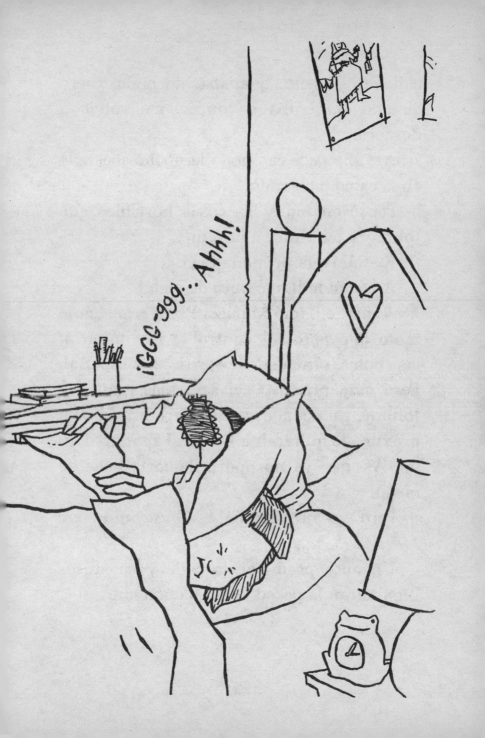

callaba, yo me quedaba dormida; pero cuando empezaba a roncar, me volvía a despertar.

Así que pasé casi toda la noche acostada en la cama pensando.

Pensé en todas las cosas horribles que Johnny hace y dice a la gente.

Fastidió a la pequeña Ceci.

A Devin la llamó boca de metal.

A mí me llamó Maritza Pizza y me enojé tanto que perdí el control y me quitaron las botas. Incluso le grité en español. Pero muy pronto Ceci será más grande y Johnny ya no podrá fastidiarla. Y el año próximo le quitarán a Devin el aparato dental. Así que ya no podrá llamarla boca de metal.

Pero yo no cambiaré. *Yo siempre seré Maritza Pizza...*

Un auto pasó por la calle y sus luces iluminaron la pared de mi habitación.

Vi la fotografía de Annie Oakley.

...*¿O quizás no?*

¡Acababa de pensar en el plan perfecto!

¡La manera perfecta de luchar contra las malas artes de mi peor enemigo!

## CAPÍTULO 12
## UNA MAÑANA DE LOCOS

A la mañana siguiente, mucho antes de que yo despertara, el despertador de mi reloj rana empezó a sonar: ¡*Croac, croac!* ¡*Croac, croac!*.

Giré en la cama y golpeé el botón de *OFF* que tenía en la cabeza.

Entonces saltó mi alarma de reserva: la voz de un D.J. que hablaba en inglés sonó a todo volumen en la radio.

Y de repente la puerta se abrió de golpe.

—¡Levántate, levántate, levántate!

Miguelito saltaba junto a mi cama y me sacudía. Chillaba en español y sus gritos las-

88

timaban mis oídos. Y la radio seguía sonando a todo volumen en inglés.

Abuelita asomó la cabeza y dijo algo en español sobre el desayuno. Luego se fue de nuevo a toda velocidad.

Me deslicé fuera de la cama y Miguelito saltó sobre mis pies descalzos.

—¡Ayyyyyy! ¡*Wáchate*, Miguelito!

¿*Wáchate*? ¿Pero acaso eso es una palabra? Supongo que quise decir *Wach out*. Pero ¿por qué estoy diciendo disparates?

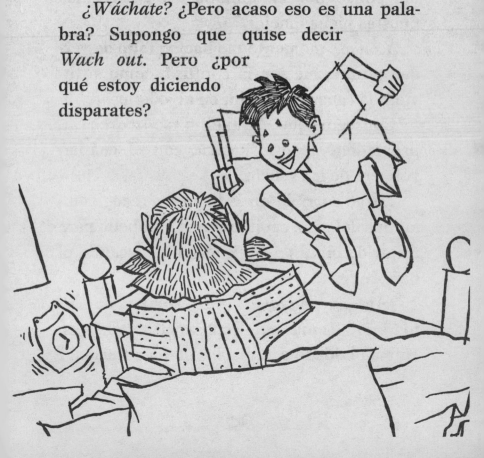

Le puse la mano en el brazo y empecé de nuevo.

—Miguelito, shhhhh. ¡Cállate!

Me acerqué tambaleándome a mi armario. Aparté las pilas de zapatos del piso y encontré las botas.

Me las puse. Siempre son lo primero que me pongo por la mañana. Con las botas puestas pienso mejor.

Y en ese momento me hacían falta de verdad porque me sentía confusa, como si tuviera la cabeza envuelta en algodones.

Conseguí que Miguelito se marchara, prometiéndole que jugaría con él cuando volviera de la escuela.

Luego corrí de un lado a otro recogiendo la ropa del piso, cepillándome el cabello para tratar de eliminar el "cuerpo", buscando el baño...

*¡Ay, ay, ayyyyy!* ¡El examen de ortografía! Tenía que repasar las palabras. Había olvidado estudiarlas el día anterior.

Mientras me tambaleaba hacia la cocina, la voz fuerte de tío Julio resonó por encima de todas las demás:

—¡Caramba! ¡Esto parece un gallinero!

Un gallinero también significa un manicomio. Conociendo a tío Julio, seguramente se refería a este segundo significado.

—Entonces, Julio, ¿eso quiere decir que tú eres el gallo guapo?—. Tití Alicia disfruta gastándole bromas a su hermano.

Tío Julio empezó a moverse por la cocina como si fuera un atractivo gallo, aleteando con los codos. Tití Alicia lo siguió moviendo la cabeza como si fuera una gallina.

Todos se rieron, incluso yo. ¡La cocina parecía tres gallineros juntos!

Entonces Miguelito empezó a cloquear delante de la televisión y subió el volumen. Estaba viendo *Plaza Sésamo*.

Así que ahora escuchaba español por un oído e inglés por el otro.

—¡Gabrielita, ven a comer!—. Abuelita

había preparado
el desayuno y quería
que me lo tomara. Puso
una tortilla de guineo sobre la mesa.

—¡Tortilla de banana, mi
favorita!

Bailé mi pequeña danza

de saltos y brincos sin moverme del sitio y luego corrí a sentarme a la mesa. Mami me miró los pies. Levantó una ceja y cruzó los brazos. Nadie más se dio cuenta. Siguieron hablando. Me miré los pies. ¡Oh, no! Mis botas. Había olvidado que no me dejaban llevarlas a la escuela.

Corrí a mi habitación y me las quité con los pies. Esta vez una bota sí me golpeó en la cabeza. ¡*Ay!* Me restregué la cabeza y rápida como una salamanca, me puse las zapatillas de deporte.

Mientras salía corriendo de la habitación,

recordé la nota del Sr. F. Volví apresurada-
mente a buscarla.

Regresé a la cocina e intenté disfrutar la
tortilla de guineo, pero se me cerraban los
ojos. Cuando me di cuenta, tío Julio sacaba
el plato de debajo de mi cara y me levantaba
la cabeza.

¡No podía creerlo! ¡Me había dormido sobre la tortilla! ¡Caracoles! ¡Pero si tenía
huevo en la cara!

Miré el reloj. ¡Oh, no! ¡Era tardísimo! Y
Papi ya se había marchado, así que no podía
pedirle que me llevara.

Me limpié la cara, le di un beso a todo el
mundo, agarré mis cosas y salí corriendo de
casa. Había recorrido la mitad de la cuadra
cuando me acordé del almuerzo. Volví corriendo a casa. Abrí la puerta principal de
un golpe, corrí a la cocina y tropecé con la
alfombra. Salí disparada y me deslicé de
barriga por el piso de la cocina.

—¡Gabi! —gritó todo el mundo al mismo tiempo.

—Gabi, ¿qué pasó? —Mami y tío Julio se acercaron corriendo. Tío Julio me ayudó a levantarme.

—Estoy bien —dije—. Me tropecé con la *carpeta*... olvidé el *lonche* así que volví corriendo.

Mami comprobó que estaba bien y luego dijo:

—Gabi, ¿por qué dices disparates?

Parpadeé. No me había dado cuenta.

—Este... tropecé con la alfombra —repetí, esta vez correctamente, creo—. Olvidé el almuerzo así que...

Abuelita tomó mi almuerzo y me lo dio.

—Deja tranquila a la niña, Isa. ¿No te das cuenta de que está preocupada porque va a llegar tarde? Vamos, Gabrielita, apúrate.

Abuelita me acompañó a la puerta y me dio un abrazo de despedida.

Por suerte, Devin y Jasmine todavía me esperaban en el lugar donde nos encontramos todas las mañanas.

Jasmine me miró, después se miró a sí misma y se puso bizca.

—¿Me perdí algún aviso? ¿Es hoy el Día de Todo al Revés?

Jasmine iba como siempre, perfectamente vestida, con una linda camiseta con cuentas

brillantes de color morado y pantalones que le hacían juego.

Me miré por primera vez desde que me vestí. Llevaba unos vaqueros arrugados, no tenía calcetines y, ¡no me van a creer!, la etiqueta de mi camiseta me hacía cosquillas en la barbilla. ¡Llevaba la camiseta al revés y además, la parte de atrás colocada delante!

Devin sonrió un poquito, como si tuviera ganas de reírse, pero no quería herir mis sentimientos.

—¿Qué pasó? —dijo Devin y luego lo repitió en inglés para que Jasmine también lo entendiera—. *What happened?*

Yo empecé a hablar en inglés, pero las palabras me salían raras. Hablaba a medias en inglés y a medias en español.

—¡Oigan! ¡No es justo! —dijo Jasmine—. Ustedes prometieron no hablar español cuando yo estuviera presente. ¡Saben que yo no entiendo!

Íbamos a llegar tarde, así que comenzamos a andar muy rápido.

Intenté contarles lo que había pasado.

—Mi abuelita... *my grandmother*... *gelló*...oh...llegó anoche, *last night*, y también mi tío Julio y tití Alicia. Nos quedamos casi *dota* la *chone*, toda la noche, hablando.

>> Entonces, Abuelita se puso a roncar: *¡Ggg-ggg...ahhhh, ggg-g-ggg...aaahhh!*. Así que me desperté, *I woke up*, y cuando estaba comiendo mi *rotilla*... eh... tortilla, me dormí.. Este... ¡I *fell asleep* sobre los huevos... *eggs*!

Casi íbamos corriendo. Empecé a sentir una punzada en el costado por caminar y hablar tan rápido.

—Y la *keechena*, la cocina, o sea, *kitchen*, era como un *llaginero*, o sea un *nigallero*...¡no! ¡un gallinero! Escuchaba español por un oído e inglés por el otro... entonces olvidé mi *lonche* y tuve que volver, pero me tropecé con la *carpeta*...

98

Cuando terminé mi relato, me volteé hacia Jasmine. ¿Jasmine?

No estaba. Miré hacia atrás.

Estaba parada en la acera, mirándonos con la boca abierta.

Devin y yo también nos detuvimos. Cuando Jasmine vio que la mirábamos, torció su boca hacia abajo. Parecía a punto de echarse a llorar.

"¡Oh, no! —pensé—. ¡Herí sus sentimientos!".

Negué con la cabeza. ¿Qué pasaba? Todo iba mal.

Me sentía como uno de esos personajes estúpidos de los dibujos animados que reciben golpes en la cabeza y cuando se despiertan, no saben ni dónde están.

Tomé a Devin del brazo y corrimos a donde estaba Jasmine.

—Lo siento, o sea *I'm sorry*, Jasmine! —le dije en inglés—. De verdad, no quería que te sintieras dejada de lado. *Do normí...*

ahhhh, no dormí bien anoche. ¡Tengo los cables cruzados y la lengua hecha un lío!

Jasmine parpadeó. Me miró y luego se volteó hacia Devin. Devin se encogió de hombros.

Entonces, ¡la buena de Jasmine!, sonrió de forma chistosa y se puso bizca.

—Apúrense, vamos a la escuela —dijo, señalando la etiqueta debajo de mi barbilla—. ¡Tienes que ir al cuarto de baño a ponerte bien la camiseta!

## CAPÍTULO 13
# ¡UN DÍA LOCO DE PALABRAS MEZCLADAS!

—¿Cachorritos?

Esa misma mañana, un poco más tarde, Sissy leía los animales de su lista para el proyecto. Nuestros pupitres estaban colocados en grupos de tres. Nuestro equipo aún no tenía una lista de animales para escoger. El día anterior perdimos mucho tiempo discutiendo.

Miré al cielo con desesperación.

—Sissy, los cachorritos son muy lindos, pero el Sr. F dijo que no podían ser animales de granja ni mascotas.

—A mí me gustan las mascotas —se quejó Sissy.

—A mí me gustan los gusanos —dijo Johnny.

Moví la cabeza y murmuré:

—Seguro que sí.

Sissy y Johnny empezaron a pelearse por otro animal, pero a mí se me caía la cabeza. Tenía taaanto sueño...

Agité la cabeza tratando de despertarme. Miré a mi alrededor.

En la parte de atrás de la sala vi a Melvin, la iguana de la clase. Una mascota muy poco común. Y el Sr. F dijo que podíamos elegir a Melvin.

—Una *giuana* —dije, señalando a Melvin.

—¿Eh? —Johnny y Sissy se volvieron a mirar.

—Como Melvin —añadí a toda velocidad. Podríamos escoger una iguana.

"¡Oh, no! —pensé—. Otra vez estoy diciendo disparates". Simulé no haber dicho nada mal.

—¡Ni hablar! —protestó Billy Wong—. ¡Nosotros ya tenemos a Melvin! Ya votamos.

Jasmine, que estaba en el grupo de Billy, se encogió de hombros. Luego se puso bizca.

Yo también me puse bizca y sonreí.

—Muy bien —le dije a Billy—. Quédate con Melvin. A nosotros se nos ocurrirá algo mucho mejor.

Revisé de nuevo mi lista. Todo estaba tachado.

—Ya no me quedan animales —les dije—. ¿Y a ustedes?

Sissy negó con la cabeza. Johnny se encogió de hombros y soltó el lápiz. Vi que también tenía tachados todos los nombres de su lista.

—Bueno, ¿por qué no empezamos una nueva lista? —dije—. Simplemente vayamos diciendo animales. Sissy, escríbelos tú y luego elegiremos uno.

—¡Eh! ¿Quién dice que tú eres la jefa? —La cara de Sissy se puso roja y se llenó de arrugas.

Suspiré. Estaba demasiado agotada para empezar a discutir otra vez, así que dije:

—Bueno... Yo escribiré los nombres.

Sissy agarró el lápiz.

—No, lo haré yo, pero porque yo quiero. No porque tú lo digas.

Empezamos a decir en voz alta y muy rápido nombres de animales. Sissy se encorvó sobre el papel, intentando no perderse ninguno.

—¡Gusanos! —dijo Johnny.

—¡Gatitos! —dijo Sissy.

—¡*Eflante!* —oh-oh, esa fui yo.

—¡Ratas! —dijo Johnny.

—¡Peces de colores! —dijo Sissy.

—¡*Jarifa!* —¡Oh, no! Esa fui yo otra vez.

—¡Murciélagos!

—¡Ponies!

—¡*Gortuta!* ¡Caracoles! Quiero decir, ¡tortuga!

Mientras decíamos nombres, miré a Sissy. Escribía, muy atareada, todo lo que decíamos. Sus perfectos rizos dorados se movían mientras tomaba notas. No se había dado cuenta de mis palabras mal dichas.

Miré a Johnny. Él también me miraba. Tenía una sonrisa presuntuosa y estúpida en la cara.

—¡Eh! Tengo una idea. ¿Cómo era ese dicho puertorriqueño? ¡Ah, sí! ¡Moscas! ¡Esos pequeños insectos que vuelan alrededor de Maritza Pizza!

Mi cara se puso tan caliente que en ella se habrían podido freír tostones.

—¡Caracoles! Di una patada en el suelo y lo miré furiosa.

—¿Qué pasa aquí?—. El Sr. F se acercó.

Sus cejas se arquearon por encima de sus lentes.

—Maritza, ¿tengo que escribir otra nota a tus padres?

El Sr. F me miró por encima de sus lentes.

Mi corazón latía más rápido que un hámster en una rueda de ejercicio.

—*¡For pavor, no gaha eso!* Quise decir, ¡por favor, no haga eso!

El Sr. F tardó en reaccionar.

—¿Cómo dices?

Me empezaron a arder las orejas.

—Este..., Sr. F, creo que estoy *on boco*, quiero decir, un poco, confundida hoy. Ayer no pude *mordir*, dormir mucho.

Alguien soltó una risotada.

—Maritza Pizza está frita. Se quedó demasiado tiempo en el horno —se burló una voz.

Volví la cabeza. Era Johnny Wiley. ¿Quién si no?

—John... —dijo en tono de advertencia el Sr. F.

—No importa, Sr. F. —Respiré profundamente. Sabía que tenía que usar mi cabeza... y controlar mi mal genio—. No me *moselta*. O sea, molesta. ¿Puedo decirle algo a la *calse*, este...clase?

—¿Es importante?

—Sí, señor, muy *intorpante*.

Me paré frente a la clase.

—De ahora en adelante, me llamo Gabi, el apócope de Gabriela, mi segundo *nomble*. Así que llámenme Gabi.

—Mucha *genta*... eh... mucha gente usa sus *segondos nombles*, incluso *mafosos*, famosos como Annie Oakley. Su verdadero nombre era Phoebe Anne Oakley. —Le lancé una furiosa mirada a Johnny—. ¡A partir de ahora ya no habrá Maritza ni Maritza Pizza! ¡Nunca más!

Di una patada en el suelo con mi valiente pie.

Entonces fue cuando Johnny se echó a reír a carcajadas.

—Mejor aún —dijo—. Tenemos una niña nueva en la clase: Gabi, Salami.

Entonces ya no pude controlarme más. Estaba segura de que si cambiaba mi nombre, Johnny dejaría de molestarme. No podía creer que hubiera echado a perder mi plan.

¿De qué sirve usar la cabeza cuando te estropean tu mejor plan?

Mis botas sí que hubieran servido de algo. ¡Los pies valientes siempre funcionan!

—¡Voy a *arragarte*! —le grité a Johnny.

Luego me puse a chillar toda clase de palabras en inglés y español que ya no recuerdo. Lo que sí recuerdo son los pies valientes dando golpes en el suelo.

Y también recuerdo que Johnny y yo, LOS DOS, tuvimos que quedarnos una hora castigados después de las clases... ¡juntos!

Pero supongo que incluí bastantes palabras en inglés y Johnny acabó entendiéndome. Durante el castigo se sentó lo más lejos posible de mí.

Yo me senté a la derecha en la parte de adelante del salón de clases. Él se sentó muy atrás, a la izquierda.

Si hubiera estado más cerca de la pared, se hubiera salido del salón de clases.

Y lo más *intorpante* es que no emitió ni el más débil sonido.

## CAPÍTULO 14
# VOCES DEL COQUÍ

"¡Ay, ay, ay! ¡Qué día tan loco!", pensé, mientras volvía a casa después del castigo.

¡Español, inglés y disparates! Deseaba no volver a pasar en la escuela un día como los dos últimos días. ¡NUNCA!

Cuando llegué a casa, no había nadie.

Qué raro. Debería haber alguien. Mami y Papi nunca nos dejan solos en casa.

Busqué una nota en la cocina.

Nada.

Me podía haber asustado, pero estaba demasiado cansada. Me sentía como una niña pequeña que no ha dormido la siesta. Menos mal que casi era sábado. Podría dormir hasta tarde.

Fui a mi habitación y me puse las botas. Aunque estaba cansada tenía que pensar qué hacer con Johnny Wiley y cómo controlar mi carácter.

Quizás una pequeña merienda me ayudaría a pensar... la merienda y mis botas.

Cuando pasé por la sala, disfrutando la sensación de llevar las botas puestas, oí un grito en el jardín. Corrí a la puerta corrediza de vidrio.

Y ¡no me van a creer! ¡Abuelita se había subido a un árbol y estaba sentada sobre una rama!

Salí corriendo.

—¡Abuelita!, ¿qué haces?

Abuelita sonrió.

—Un pajarito se cayó del nido. Lo volví a poner en su sitio justo a tiempo. Tippy estaba a punto de saltar sobre él.

Columpió sus piernas igual que Miguelito cuando está contento.

Tippy la observaba al pie del árbol. Movía la cola adelante y atrás como cuando está enojado. Luego se marchó a esconderse debajo de un arbusto.

—Gabrielita, ayúdame a bajar —dijo Abuelita—. Acércame esa silla.

Arrastré la silla hasta el otro lado del árbol. Abuelita se deslizó por el tronco como si tuviera mi edad.

Contuve el aliento hasta que estuvo a salvo en el suelo.

—Mami se pondría muy triste si supiera que estás trepando árboles otra vez.

Abuelita saltó de la silla. Se hizo la sorprendida, como si no supiera de qué le estaba hablando.

—¿Árbol? ¿Qué árbol?

Al ver mi cara, me guiñó un ojo.

—Vamos adentro, Gabrielita. Tengo preparada la merienda.

Entramos en la cocina de la mano.

—¿Dónde está todo el mundo? —pregunté.

—Tu tío tenía que ocuparse de unos asuntos y tu mami y tití Alicia llevaron a Miguelito al centro comercial. Yo quise quedarme y esperarte para que pudiéramos charlar... —dijo Abuelita sonriendo y levantando una ceja— tranquilamente.

Recordé el gallinero de la mañana y me eché a reír.

Abuelita sacó un plato del refrigerador.

—¡Humm! Aplaudí y bailé mi danza de saltos y brincos—. ¡Queso blanco y pasta de guayaba! ¡Mi merienda favorita! ¡Me encantan el queso blanco y la pasta de guayaba!

—Lo sé —dijo Abuelita—. Traje queso fresco de Puerto Rico para ustedes.

Di grandes zancadas hasta la mesa. Mis botas sonaron ¡catapún!, ¡catapún!, ¡catapún!, sobre el piso de baldosas.

Fue entonces cuando Abuelita se fijó en mis pies.

—¿Esperas problemas?

Me reí.

—¿Por qué todo el mundo cree que habrá problemas si me pongo mis botas? Sencillamente, a veces me gusta ponérmelas. Me ayudan a pensar.

Abuelita sonrió y se sentó a mi lado.

Seguí murmurando *"mmmm, mmmm"* y columpiando mis valientes pies igual que Miguelito.

Cuando terminé, me chupé los dedos.

—Gracias, Abuelita. Estaba riquísimo.

—¿Ah, sí? —Se rió—. No me había dado cuenta.

Luego me rodeó con el brazo y me acercó a ella. Olí su fragancia a lavanda. Hoy estaba mezclada con olor a ajo porque había cocinado.

Cuando estamos todos juntos, Mami no puede impedir que Abuelita cocine. Mami no puede impedir que Abuelita haga lo que quiera. Ni siquiera cosas que quizás no sean buenas para ella, como treparse a los árboles.

— Te extrañé, Abuelita —me alegro de que vinieras a vernos.

Me besó en la frente.

—Yo también te extrañé, Gabrielita. Muchísimo. Quizás... Bueno, quizás me quede más tiempo esta vez.

—¿De verdad, Abuelita? ¡Qué chévere! —Rodeé su cuello con mis brazos—. ¡Es fantástico! ¡Lo pasaremos súper bien!

Abuelita se rió con una risita un poco boba.

—Sí, Gabrielita, lo pasaremos muy bien.

Por un momento recordé que Abuelita roncaba mucho. No podría dormir demasiado, aunque ella dormiría conmigo solamente dos días más. El domingo tití Alicia volvía a su casa. Abuelita tomó de la mesa una bolsa de papel aplastada. Yo había estado muy ocupada comiendo y no me había fijado en ella.

—Toma, Gabrielita, te traje un regalo de Puerto Rico. Pensé que te recordaría las veces que fuiste a visitarme.

Dentro de la bolsa había una cinta de música, pero cuando la saqué, me di cuenta de que no era música. Tenía el dibujo de un coquí y se llamaba "Voces del Coquí".

Un coquí es una rana diminuta que vive solamente en Puerto Rico. Su ocupación consiste en gritar *¡Coquí! ¡Coquí! ¡Coquí!* por las noches y cuando llueve. En lugar de grillos, eso es lo que escuchas en Puerto Rico.

Suspiré. Todo el mundo tiene un trabajo, incluso el coquí. Pero yo no estaba haciendo bien mi trabajo. No podía dejar de usar mis pies y empezar a usar mi cabeza.

Me volví hacia Abuelita. Ella sonreía.

—Ahora te puedes dormir escuchando el canto del coquí y no los ronquidos de tu Abuelita.

Sentí que mis mejillas se ponían rojas. ¡Ella lo sabía!

Volví a mirar la cubierta de la cinta. Nunca había visto escrita la palabra "coquí". Puse el dedo sobre la "i" con tilde.

¿No sería chévere tener un nombre con tilde?

Entonces, ¡no se pueden imaginar! Se me ocurrió el plan perfecto para que Johnny dejara de molestarme por mi nombre.

—¡Gracias, Abuelita!

Nos dimos un superabrazo abuelita-nieta.

## CAPÍTULO 15
# ¡ATENCIÓN, GABÍ ESTÁ AQUÍ!

—Niños —empezó el Sr. F el lunes por la mañana—, Maritza..., quiero decir, Gabi, quiere decirnos dos cosas. ¿Gabi?

Nuestros pupitres estaban colocados como siempre, en filas mirando al frente. Todavía no nos habíamos puesto a trabajar en grupos.

Me acerqué al pizarrón y escribí: Gabí.

Me volteé hacia la clase.

—Lo primero es que así se escribe mi nombre.

Jasmine sonrió con ganas.

Devin se jaló del pelo.

En el pizarrón había escrito una enorme tilde sobre la "i".

La señalé.

—¿Ven la tilde? Indica que mi nombre se dice Gabí, no Gabi, así que no rima con salami.

Miré a Johnny. Su frente estaba llena de arrugas, pero no dijo nada.

Devin se tiró dos veces del cabello.

Jasmine se puso bizca.

Las dos sonrieron.

Yo les sonreí.

—Lo segundo es esta cinta—. Sostuve en alto la cinta del coquí.

Primero apagué las luces. Después puse la cinta en el equipo de música del Sr. F. Subí el volumen. Enseguida la sala se llenó de pequeñas voces que gritaban: *¡Coquí! ¡Coquí! ¡Coquí!*.

Toda la clase dio un salto. Luego se quedaron tan callados que parecían no respirar. Parecía que nos encontrábamos en una selva tropical... de las montañas de Puerto Rico.

Después de un rato, Sissy levantó la mano.

—Dime, Sissy —dijo el Sr. F.

—¿Qué animal hace ese sonido tan lindo? ¿Un pájaro?

El Sr. F se inclinó y alargó su brazo hacia mí.

—¿Gabí? —lo dijo bien, con el acento en la "i".

—¡No, por eso es tan chévere! ¡Es una rana diminuta! Mide la mitad de mi dedo meñique.

Volví a encender las luces mientras mostraba mi meñique. Todos estaban boquiabiertos.

—¿Les gustaría ver una fotografía?—. Sostuve en alto la caja de la cinta.

Todos se inclinaron hacia delante.

—¡No veo! ¡No veo! —gritaron.

Johnny levantó la mano.

—Sr. Fine, ¿podemos pasarnos la cinta para que todos la veamos?

—*Podríamos* —le corrigió el Sr. F. Luego se dirigió hacia mí—. ¿Es posible, Gabí?

—Eh... Ah...

Johnny se inclinó hacia delante. Me recordó a un cachorrito esperando algo de comer.

—Sí, claro —dije.

Johnny se colocó a mi lado de un salto. Miró la fotografía de la diminuta rana color café sentada dentro de una enorme flor roja.

Contuvo el aliento.

—¡Chévere! —susurró—. ¡Qué chévere!

Nunca antes había estado tan cerca de Johnny.

Y nunca lo había oído susurrar.

Me hizo escuchar, igual que cuando era chica y Mami me hacía escuchar simplemente hablando bajito. Y escuché a alguien que no era *nada* horrible.

—¿Crees que podríamos hacer nuestro proyecto sobre el coquí? —me preguntó.

Me quedé con la boca abierta.

—Sí..., claro, pero tendríamos que preguntarle a Sissy.

Johnny le llevó la fotografía a Sissy.

—¿Qué te parece?

Sissy se quedó mirándola largo rato. Luego también susurró algo. Creo que dijo "chévere".

—¿Estás de acuerdo? —le preguntó Johnny—. ¿Quieres hacer el proyecto sobre el coquí?

—Sí —respondió—. Eso sería muy chévere —y me sonrió.

Johnny tomó de nuevo la fotografía y se quedó mirándola.

—¡Oigan! ¡Miren! Coquí se escribe igual que Gabí, con tilde en la "i".

¡Y no se pueden imaginar lo que dijo después!

—Incluso suena de la misma manera, Gabí, coquí —sonrió—. ¡Gabí la coquí!

Me di una palmada en la frente.

Miré a Devin. Se mordía los labios tratando de no reír.

Miré a Jasmine. Cerró los ojos con fuerza y se tapó la boca con la mano.

Miré al Sr. F. Le temblaba el labio superior.

De repente, me eché a reír a carcajadas. Reí, reí y reí.

Y toda la clase se rió conmigo.

Todos menos Johnny. Estaba con la boca completamente abierta.

Por fin le sonreí. Una gran sonrisa.

—Si Gabí, la coquí, es como me vas a llamar, me parece bien. Más que bien. De hecho, ¡ME GUSTA!


Mientras corría a casa, me repetía una y otra vez: ¡Lo conseguí, lo conseguí, LO CONSEGUÍ!.

Estropeé los planes malvados de mi peor enemigo. Y lo hice con mi cabeza, no con mis valientes pies. Así que no tuve que revelar mi identidad secreta ni meterme en problemas.

Entré corriendo en casa y me puse las botas.

Mis botas ROJAS.

Con las lunas y estrellas blancas grabadas en los lados.

Caminé por mi habitación pisando con fuerza.

Salté sobre la cama, con botas y todo.

—¡Atención todo el mundo! —grité—. ¡Abusadores, estén advertidos! ¡Prepárense que viene Gabí!

¡Gabí está aquí!

# SPEAK ENGLISH!
## (Eso quiere decir: *¡Habla inglés!*)

¡Aprende a decir en inglés algunas de las palabras que dice Gabí en este libro!

**abuelita:** grandma
**ají:** chili pepper
**ajo:** garlic
**alfombra:** carpet, rug
**almuerzo:** lunch
**bobo:** silly, foolish
**botas:** boots
**cálmate:** calm down
**¡Caracoles!:** Yikes!
**¡Chévere!:** Cool!
**cocina:** kitchen
**coco:** coconut
**comer:** to eat
**congelador:** freezer
**contento:** happy
**cuchichear:** to whisper
**dormir:** to sleep

**gente:** people
**gracias:** thank you
**guagua:** bus o van
**hamburguesa:** hamburger
**helado:** ice cream
**hija:** daughter
**importante:** important
**inglés:** English
**leche:** milk
**lo siento:** I am sorry.
**mala/malo:** bad
**¡mira!:** look!
**mosca:** fly
**muchacha:** girl
**muchacho:** boy
**muy bueno:** very good
**nada:** nothing
**nieta:** granddaughter
**noche:** night
**nombre(s):** name(s)
**oreja:** ear
**pajarito:** little bird; baby bird

**papas fritas:** french fries

**perro:** dog

**picante:** spicy, hot

**platos:** plates

**por favor:** please

**¿Qué?:** What?

**¿Qué haces?:** What are you doing?

**¿Qué pasa?:** What's going on?; What's happening?; What's up?

**Te quiero:** I love you.

**rabo:** tail

**rana:** frog

**rápido:** quickly

**roncar:** to snore

**no sé:** I don't know.

**sí:** yes

**sorpresa:** surprise

**tía:** aunt; **tío:** uncle

**tití:** auntie

**tortilla de guineo:** banana omelet

**tortuga:** turtle, tortoise

# ACERCA DE LA ESCRITORA Y EL ILUSTRADOR

**MARISA MONTES** nació en Puerto Rico y vivió en Missouri y en Francia. Al igual que Gabí, Marisa tenía botas rojas de vaquera y pies valientes. Además, aprendió a usar la cabeza para luchar contra los malos y estudió Derecho. Ahora dedica todo su tiempo a escribir libros para niños. Lo que más le gusta de Gabí a Marisa es su valentía. "Gabí no se rinde ante los obstáculos y no hace lo que los demás hacen. Tiene sus propias opiniones acerca de todo". Marisa vive en el norte de California con su esposo y sus mascotas: Toby, una rana acuática pigmeo, y Elton, un pececillo dorado. Esta es la primera serie que Marisa escribe para Scholastic. Visita la página web de Marisa en www.MarisaMontes.com.

**JOE CEPEDA** ha ilustrado libros para Scholastic que han sido galardonados, como *Mice and Beans (Arroz con frijoles y unos amables ratones)*, *What a Truly Cool World* y *Gracias, The Thanksgiving Turkey (Gracias, el pavo de Thanksgiving)*. Además, crea y diseña portadas para libros, revistas y periódicos. A Joe le gusta la actitud de Gabí, pero se identifica más con Papi porque es un poco distraído. Joe dice: "Me parezco a él... Puedo poner una herramienta en el refrigerador". Joe vive en el sur de California con su esposa y su hijo que tiene un cierto parecido con Miguelito, el hermano menor de Gabí.